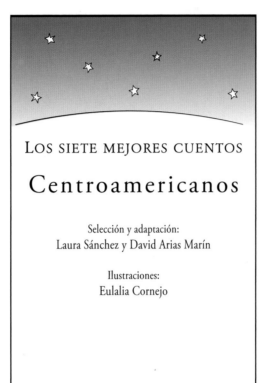

LOS SIETE MEJORES CUENTOS

Centroamericanos

Selección y adaptación:
Laura Sánchez y David Arias Marín

Ilustraciones:
Eulalia Cornejo

GRUPO EDITORIAL
EDITORIAL
norma

http://www.norma.com
Bogotá, Barcelona, Buenos Aires, Caracas, Guatemala, Lima, México, Miami, Panamá,
Quito, San José, San Juan, San Salvador, Santiago de Chile, Santo Domingo.

Los siete mejores cuentos centroamericanos / Selección y adaptación
    Laura Sánchez y David Arias Marín ; ilustraciones de Eulalia
    Cornejo. -- Bogotá : Grupo Editorial Norma, 2007.
    56 p. : il. ; 27 cm.
    Recomendado para lectores a partir de los 7 años.
    ISBN 978-958-04-8500-1
    1. Cuentos centroamericanos ˆ Colecciones 2. Leyendas
centroamericanas 3. Cuentos populares centroamericanos ˆ
Colecciones I. Sánchez, Laura II. Arias Marín, David III. Cornejo,
Eulalia, il. IV. Serie.
    I868.9922 cd 21 ed.
    A1114672

    CEP-Banco de la República-Biblioteca Luis Ángel Arango

Impreso por D'Vinni S.A.
Impreso en Colombia — Printed in Colombia
Abril, 2007

Textos: Laura Sánchez y David Arias Marín
Ilustraciones: Eulalia Cornejo
Edición: Cristina Puerta Duviau y María Villa
Diagramación y armada: Iván Merchán
Diseño de colección: Muyi Neira

C.C. 10711
ISBN 978-958-04-8500-1

Los cinco tecomates

(Guatemala)

En tiempos muy antiguos, cuando el mundo apenas comenzaba a poblarse de gente, vivió un joven llamado Mario. Mario habitaba solo en una choza cerca de las montañas y tenía por costumbre salir a pasear por la selva. Cuando se iba a aventurar, solía descansar cerca de una cascada de aguas cristalinas desde donde se divisaba un cerro en forma de volcán. Una tarde preparó sus cosas, salió de su casa y se encaminó hacia el cerro. Anduvo durante varias horas y, a medida que se acercaba, al mirar detenidamente se dio cuenta de que el cerro tenía en sus faldas lo que parecían ser las entradas de varias cavernas. Nunca antes se había percatado de esto, así que decidió ir a explorar el lugar, pues sintió gran curiosidad de saber lo que había dentro. Pronto descubrió que el interior de los cerros estaba formado por una serie de túneles y grutas que formaban un laberinto.

Ya en el interior, Mario vio a tres hombres jóvenes y de figura imponente, que tenían unas facciones extrañas pero muy bellas. Trató de esconderse, pero ellos se dieron cuenta de su presencia y en un instante lo rodearon.

—¿Quién eres tú y qué haces aquí? —le preguntaron.

—Me llamo Mario. Acostumbro caminar por estos lugares —respondió el joven, asustado.

—¿Qué buscas? —le preguntó amenazante uno de ellos.

—Nada, sólo pasaba por aquí y sentí curiosidad de conocer las cuevas.

—¿Ah, sí? —dijeron en coro. Y, luego de observarlo en silencio, uno de ellos agregó—: Afuera ha caído la noche y quizá no sea bueno internarse en la selva a esta hora. Si quieres quedarte aquí no hay problema, mientras no cometas ninguna imprudencia.

Lo que Mario no sabía era que estos tres jóvenes eran dioses. Pero ellos nada le dijeron al respecto y, amablemente, le buscaron un sitio donde pasar la noche. Mario estaba muy intrigado por saber qué era lo que hacían estos hombres en el interior del cerro, así que, después de algunas horas, cuando se sintió en mayor confianza, al fin se atrevió a preguntarles:

—¿Qué hacen ustedes? ¿Por qué están aquí?

—Nada podemos decirte sobre eso. Pero debes saber que viajamos a lugares muy lejanos y que tenemos una misión muy importante —contestaron ellos.

Mario se atrevió a sugerirles que lo llevaran con ellos.

—¡Pobre de ti! —exclamó uno de los hombres—. Si fueras con nosotros, con seguridad sería tu fin —y enseguida se internó en un túnel, seguido por los otros dos.

5

El muchacho, cada vez más intrigado, fue tras ellos y al poco tiempo volvió a pedirles que le permitieran acompañarlos.

—Si en verdad quieres hacerlo, debes aprender primero a hacernos de comer —le dijeron—. ¿Eres bueno para preparar frijoles?

—Puedo intentarlo —dijo el muchacho—. Haré lo que ustedes me pidan.

Deambulando por el lugar antes de comenzar su labor en la cocina, Mario vio que en un rincón de la caverna colgaban de un madero varios trajes de colores y que, al lado, había una especie de vasijas o tecomates de los mismos colores que los trajes. Cada una estaba decorada con complicadas figuras y cubierta con una tapa. Cuando Mario preguntó para qué eran los tecomates, los hombres simplemente le ordenaron que no los tocara.

Los hombres le entregaron entonces una olla grande de barro para que cocinara los frijoles y una olla pequeñita para que la usara como medida. Le advirtieron que cada día debía preparar sólo la cantidad que cupiera en la ollita. "Es muy poco", pensó Mario, "no alcanzará para todos", pero no se atrevió a decirles nada.

Más tarde, ese mismo día, Mario alcanzó a ver que los tres hombres se vestían con trajes verdes y que destapaban uno de aquellos tecomates, el de color verde. Durante la tarde llovió a cántaros fuera de la caverna.

Al llegar la noche, los hombres cambiaron sus trajes por unos rojos y tomaron el tecomate del mismo color. Mario vio entonces, impresionado, cómo surgían del interior de la vasija unas inmensas llamas que se abrían camino por los túneles hacia el exterior. Desde donde estaba, pudo ver también que fuera de los cerros el fuego se convertía en rayos y truenos que retumbaban fuertemente en el cielo. En la madrugada, los dioses tomaron de nuevo el tecomate rojo y pronunciaron las siguientes palabras:

—Que tu espíritu sea guiado hasta aquí. Que regreses, que tengas un feliz retorno, querido ruido, querida luz resplandeciente —y en seguida una gran luz se metió dentro del tecomate y cesaron los truenos en el exterior.

Después de todo esto, a Mario le fue imposible dormir tranquilo. Cuando por fin concilió el sueño, se despertó con las voces de los dioses, que esta vez tenían puestos de nuevo sus trajes verdes:

—Aquí sean guiados sus espíritus, que regresen, que tengan un feliz retorno, querido aire, querida nube y querida lluvia —decían, a la vez que destapaban el tecomate verde.

Al instante, llegó desde fuera una corriente de aire suave que se metió dentro del tecomate. Afuera había dejado de llover.

Mario empezaba a entender el misterio de los viajes, los tecomates y los trajes: "¡Estos poderosos señores manejan el clima de la Tierra!", se dijo.

Después de un rato, los hombres se vistieron de amarillo y en seguida llamaron a Mario: —Vamos a salir, pero prepara los frijoles que regresaremos más tarde —le ordenaron, y en seguida destaparon el tecomate amarillo, del cual salió un viento que los envolvió y se los llevó por el aire hasta sacarlos de la caverna.

Durante todo el día hubo un viento muy fuerte. Mario permaneció solo en la caverna y, después de dar un largo paseo por los túneles, fue a buscar las ollas para preparar los frijoles. Luego de poner la olla grande al fuego y llenarla de agua,

midió la cantidad de frijoles en la olla pequeña y vio que sólo cabían nueve o diez granos. Estaba seguro de que no era suficiente para todos, así que decidió poner dos medidas de frijoles en vez de una. Pero entonces, cuando la olla hirvió, los frijoles se empezaron a multiplicar rápidamente, rebosaron la olla y cubrieron por completo el fogón. "¡Tenían razón! No era necesaria más que una medida", pensó Mario preocupado, pero no alcanzó a hacer nada para remediarlo, porque los jóvenes dioses regresaron justo entonces.

—Te advertimos que debías cocinar sólo lo que cupiera en la olla pequeña —dijeron enojados al ver el desorden de la cocina—. Si quieres continuar aquí, tienes que hacer exactamente lo que te ordenemos.

Mario pidió perdón y volvió a preparar la comida, y esta vez lo hizo justo como le habían indicado. Pero entonces sucedió que, estando en la cocina, escuchó un ruido como de alguien moliendo maíz y haciendo tortillas en un recinto vecino. La curiosidad de Mario parecía no tener límites, así que buscó la forma de saber quién más vivía en la caverna, y siguió el ruido por los túneles hasta llegar a una puerta cerrada con llave. No tuvo tiempo de ir más allá, porque entonces lo llamaron los dioses:

—¡Mario! Tráenos los frijoles ahora.

Mario se devolvió corriendo. Al servir los frijoles, vio que sobre la mesa había una bandeja con tortillas. Mientras comían, Mario pudo ver cómo las tortillas se multiplicaban como por arte de magia, pero no se atrevió a preguntar nada.

A la mañana siguiente, Mario salió de la caverna y vio el cielo muy despejado. Había luz por todas partes y los rayos de sol iluminaban la Tierra. Los tres hombres, vestidos con sus trajes blancos, habían salido por los aires envueltos en el rayo de luz del tecomate blanco.

Aprovechando su ausencia, Mario quiso averiguar qué encerraba la puerta que había encontrado la noche anterior. La empujó con todas sus fuerzas y la forzó hasta que cedió... y cuál no sería su sorpresa cuando encontró tras ella un enorme sapo, que era, entonces lo supo, el cocinero de las tortillas. Asustado, Mario echó a correr.

Al final del día, los tres hombres regresaron, se quitaron los trajes blancos y llamaron a la luz para que entrara de nuevo al tecomate. Cayó la noche. Mario les sirvió la comida, pero esta vez no había tortillas, así que los dioses se levantaron extrañados de la mesa y salieron del comedor. Volvieron poco después.

—¿Dónde está el hacedor de tortillas? —le preguntaron—. ¡¿No le habrás abierto la puerta?!

Muy apenado y con los ojos llorosos, el muchacho reconoció su error y prometió no volver a desobedecer.

Al día siguiente, los jóvenes llamaron al muchacho y le dijeron:

—Joven, haremos un viaje que durará siete días. No nos esperes antes.

Cada dios se puso un traje de un color diferente: amarillo, rojo y verde. Trajeron los tecomates, hicieron la ceremonia habitual y luego abandonaron la caverna. Mario se despidió de ellos y comenzó a recorrer de nuevo el lugar, hasta que encontró un traje de color negro que jamás les había visto usar. Lleno de curiosidad, Mario se olvidó de las advertencias y los regaños que había recibido, se vistió con él y destapó un tecomate negro que había allí mismo. En el instante en que lo hizo la tierra comenzó a temblar y una fuerte ventisca lo arrojó fuera de la caverna hacia el cielo.

Durante los siguientes siete días una terrible tormenta azotó la región y muchos animales y hombres desaparecieron. Cuando los tres dioses regresaron encontraron el lugar devastado, así que de inmediato abrieron los tecomates amarillo, verde y rojo y, después de un gran esfuerzo, lograron que buena parte del viento, las nubes y los rayos entraran de nuevo en los tecomates.

Todavía en medio de la tormenta, los tres dioses salieron de la caverna y buscaron a Mario por todos lados, pero el muchacho había desaparecido. Lo único que encontraron fue el traje negro y el tecomate flotando en el mar. Habiéndolos recuperado, regresaron a la caverna y llamaron a la gran tormenta, que de inmediato entró en el tecomate. Acto seguido, los tres dioses abrieron el tecomate blanco y dejaron que el sol brillara en la mañana despejada, para aliviar el sufrimiento que la gran tormenta había producido en los habitantes de la Tierra.

Todo quedó en silencio. Los jóvenes dioses estaban muy tristes por Mario, pero sabían que su desaparición había sido causada por su imprudencia y su desobediencia.

El venado brujo

(Honduras)

En un lugar llamado El Cacalote, cerca de Sabanagrande, vivían un hombre llamado Eusebio y su mujer. El hombre tenía algo más de treinta años. Se dedicaba a sembrar y cosechar su milpa, el cultivo de maíz que tenía en un pequeño lote de tierra lejos de su casa, y de vez en cuando cazaba algún animal.

Todas las mañanas, Eusebio salía muy temprano a trabajar en su milpa. Para llegar hasta ella debía cruzar una quebrada y después bordear un llano. Un día vio en aquel llano un venado grande y bonito, y en los días siguientes volvió a verlo una y otra vez, hasta que decidió cazarlo.

Un día, Eusebio salió de madrugada con su escopeta dispuesto a darle caza al animal. Al llegar al llano, lo encontró pastando tranquilamente. Le apuntó al corazón, respiró profundamente y apretó el gatillo. Intentó hacer dos, tres tiros, pero su escopeta no disparó. Muy extrañado, Eusebio se fue a trabajar en la siembra y estuvo largo rato buscando alguna avería en su escopeta, pero todo parecía estar en orden.

Al día siguiente volvió a intentar cazar al venado, pero de nuevo la escopeta se negó a funcionar. Apretó el gatillo diez veces, pero no salió un solo disparo. Entonces, al regresar por la tarde a su casa, Eusebio recibió la visita de su compadre, y decidió hablarle sobre lo que le había pasado:

—Fíjese que todas las mañanas se me aparece en el llano un venado bien chulo —le dijo Eusebio—. Pero cuando le apunto, la escopeta no dispara.

—Eso ha de ser que el venado está hechizado —respondió el compadre.

—¿Cómo que hechizado? —preguntó Eusebio.

—Sí —le dijo el compadre—. Puede ser un hombre que todos los días se convierte en venado y por eso la escopeta no le dispara. Yo he oído decir que hay hombres que toman el aspecto de algún animal porque están pagando alguna culpa por andar haciendo magia y brujerías, y la única forma de redimirla es convirtiéndose y viviendo como animales.

—Usted sí que sabe cosas raras —le dijo Eusebio al compadre, y se despidieron.

Una tarde Eusebio descansaba en su casa cuando llegó un amigo suyo

llamado Juan, que pasaba por allí camino a ver a su familia en un pueblo cerca-
no. La noche era oscura y había amenaza de lluvia,
de modo que Eusebio lo invitó a quedarse.

—Pase la noche aquí, compadre, que parece que va a llover y a usted le caerá bien el descansito —le dijo.

—Descansemos, pues —respondió Juan. Y allí se quedaron
conversando hasta muy tarde. Cuando se estaban dando las
buenas noches, antes de irse a dormir, Juan vio la escopeta de
Eusebio y le preguntó:

—Ah, ¿y es usted tirador?

—Sí, soy tirador —respondió Eusebio—. Y fíjese que hace
días me sale por las mañanas un venado moro lo más bonito
cuando voy camino a la milpa; pero cada vez que le voy a
tirar, la escopeta se niega a disparar. Desde eso, ahora que lo

pienso, no ha querido funcionar. Mi compadre me
dijo que podía tratarse de
un brujo que se convertía
en venado y que ha hechi-
zado la escopeta para prote-
gerse.

—Yo le puedo curar la escopeta, si quiere —le dijo Juan.

Eusebio accedió, y en seguida Juan
le hizo unos arreglos, marcó los tiros en
cruz, le entregó el arma de vuelta y le dijo:

—Ahí se la dejo lista. Mañana que vaya,
hágale fuego a ver qué le resulta.

A la mañana siguiente, Juan salió hacia su familia y Eusebio se fue caminando hacia la milpa. Al pasar por el llano, no vio por ningún lado al animal. "Se ha de haber escondido", pensó, y continuó su camino. En la tarde, cuando hacía el camino de regreso, se topó con el venado en el mismo sitio en donde lo había visto las veces anteriores. Esta vez apuntó, tiró y la escopeta disparó. El tiro le hirió una pata y lo levantó del suelo, pero el animal sacó fuerzas para huir a toda prisa y ocultarse entre los matorrales. Como ya anochecía, Eusebio pensó: "Lo buscaré mañana, cuando vuelva a clarear".

Al día siguiente se levantó con la intención de seguir el rastro del venado. Fue hasta el lugar desde el que le había disparado y tomó camino monte adentro siguiendo las huellas del animal. Estas lo condujeron por entre los campos de cultivo y finalmente se perdieron en la carretera, muy cerca de la casa de su compadre. Cansado de buscar, Eusebio pensó que no valía la pena seguir andando y decidió pasar a visitar a su compadre y contarle el suceso. "Él sabe mucho de estas cosas", se dijo, "seguro que se le ocurre alguna forma de dar con el venadito". Y siguió el camino hasta llegar a la casa.

Para su gran sorpresa, en la entrada estaba reunido un gran grupo de gente. "¿Qué harán todos por aquí a estas horas de la mañana?", se preguntó al entrar.

En seguida vio a su ahijado, que estaba sentado apoyado

tiempo en cómo haría para enfrentarse a unos animales tan grandes y feroces.

En el bosque, sentado a la entrada de su madriguera, el conejo pensaba y pensaba: "Tío Zopilote no me dará su pluma a cambio de nada, pero más difícil todavía será convencer a Tío Lagarto y a Tío León". Al final del día llegó a la conclusión de que la única forma de conseguir los encargos de Dios, si no quería morir en el intento, era engañar a los tres animales.

Tío Zopilote nunca andaba solo. Siempre estaba con su familia buscando animales moribundos para comer, así que Tío Conejo compró un gran pedazo de carne, lo dejó en el suelo y se ocultó entre unos matorrales a esperar. Cuando los pájaros sintieron el olor de la carne, se emocionaron tanto que no se dieron cuenta de que Tío Conejo estaba cerca y bajaron como el rayo a dar cuenta de su desayuno. Así, mientras Tío Zopilote estaba en pleno festín, Tío Conejo agarró una pluma de su cola y con mucho cuidado se la cortó. Tío Zopilote estaba tan ocupado comiendo que sólo se percató horas después, y con asombro, de que su pluma más grande ya no estaba.

Contento con su primer encargo y feliz de estar más cerca de ser tan grande como siempre había querido, Tío Conejo se fue a buscar a Tío Lagarto.

El conejo llevó al río su guitarra, buscó un lugar lejos de la orilla para sentarse y comenzó a cantar. El lagarto, al escucharlo, salió del agua y, pensando en su almuerzo, le dijo:

—Aquí estás, Tío Conejo...

Pero el conejo, haciendo como que alargaba las orejas, le gritó:

—Tío Lagarto, no te escucho. Acércate más, por favor.

—Te preguntaba qué haces, Tío Conejo —le contestó el lagarto luego de nadar hasta la orilla.

—Aún no te escucho, Tío Lagarto. Avanza un poco más. Tío Lagarto salió del agua y se adentró un poco en el bosque. Cuando el conejo lo tuvo suficientemente cerca, le pegó un golpazo en la cabeza con un garrote que lo dejó tumbado en el suelo. Luego, mientras rezaba para que no se despertara, le abrió la boca, buscó un diente que estuviera flojo y, usando unas tenazas, se lo sacó.

Así fue como Tío Conejo consiguió el segundo encargo. Acto seguido, el conejo tomó el camino hacía el cubil de Tío León. Llevaba consigo un hacha y, tan pronto estuvo cerca la casa del felino, eligió un árbol grande y pesado, y comenzó a talarlo. Tío León se despertó con el ruido y salió a ver qué estaba pasando.

24

—¡Ah!, Tío Conejo, ¡cómo me alegra verte! ¡Hoy sí te voy a comer!

—No, Tío León... ¡No me comas todavía! Debo cortar primero este árbol para cumplir con un encargo que me han hecho. ¡Después puedes hacerme lo que quieras!

—Está bien, Tío Conejo. Pero tengo un hambre feroz, así que más vale que sea rápido.

—Tío León, yo soy muy pequeño; tú, en cambio, eres grande... Si me ayudas, podremos talar el árbol rápidamente. ¡Ayúdame y estaré listo para la cena! Pon tus garras cerca del corte que ya hice y empuja con fuerza. ¡Derribaremos el árbol en un minuto!

Ingenuamente, el león puso sus patas delanteras contra el tronco como el conejo le había dicho. Pero entones Tío Conejo derribó el árbol de un hachazo, de modo que el león quedó atrapado bajo él. Mientras el león se retorcía de dolor y rabia, el conejo se le encaramó encima y con unas tijeras le cortó la melena.

Feliz de saber que pronto superaría en fuerza y tamaño al mismísimo Tío León, el conejo emprendió su camino hacia el Cielo y, una vez que estuvo ante Dios, le entregó las partes de los animales que había pedido. Dios se quedó mirando la pluma del zopilote, el diente del lagarto y la melena del león y, sin mostrar mayor sorpresa, le dijo al conejo:

—A pesar de ser tan pequeño has conseguido lo que muchos animales más grandes que tú no habrían podido. No cabe duda de que eres muy inteligente y muy astuto, Tío Conejo. No imagino lo que pasaría si te hiciera más grande. Mejor será que te quedes así como estás. Vete y no vuelvas a pedirme algo como esto de nuevo —y, diciendo esto, lo tomó de las orejas y se las jaló hasta dejárselas muy largas.

Desde entonces, como Tío Conejo, todos los conejos tienen las orejas largas y ninguno es tan ambicioso como él.

Manuel, el zorrillo

(El Salvador)

Muy adentro en el monte vivía un zorrillo llamado Manuel. Era un animal muy bonito: la piel tenía manchas blancas y negras, y una cola muy alta y vistosa lo distinguía de todos los demás animales. Manuel solía pasear todas las mañanas entre arbustos y matorrales en busca de alimento y se divertía mucho haciendo picardías.

Una mañana soleada, Manuel salió a dar su caminata de costumbre y halló unas flores en su camino. Al verlas, el zorrillo se acercó y las dejó impregnadas con su olor apestoso. Luego, con las uñas de las patas, lanzó hacia atrás un poco de tierra y siguió su camino con la cola en alto. Meneaba de un lado a otro su cola, muy orgulloso, mientras las flores, atrás, estornudaban, tosían y hasta se desmayaban.

El zorrillo no había avanzado mucho cuando, al doblar el camino, se topó con un búho que parecía bastante adormilado. Al verlo llegar, este se llevó el ala al pico para tapar un bostezo y, al mismo tiempo, le dijo al zorrillo:

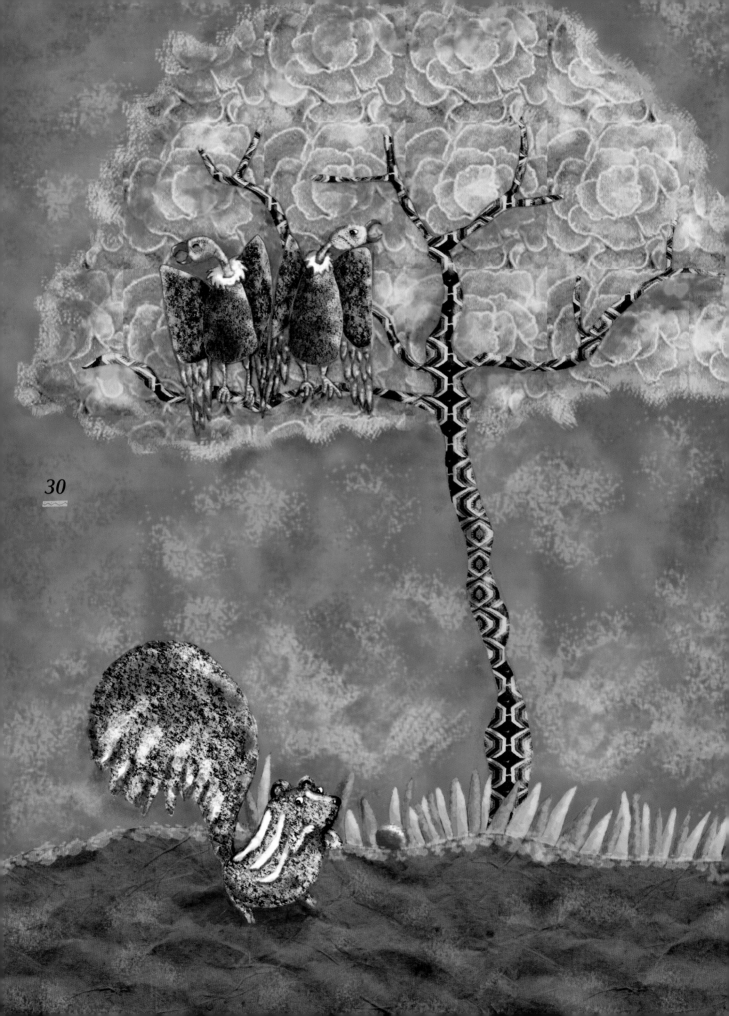

—Oye, zorrillo. ¿No te da vergüenza que las niñas de la vereda huelan lo apestoso que eres?

Manuel se rascó cínicamente una axila y sonrió, mostrando los dientes afilados.

—Si te cubres el pico, no puedo entender lo que me dices. ¿Podrías repetirlo? —dijo el zorrillo mientras sacudía la cola para llenar el aire con su olor.

El búho contestó:

—Te digo que te alejes de mí, que hueles peor que de costumbre.

Pero el zorrillo hacía como si no lo oyera. No se movió de su lugar y, por el contrario, empezó a rascarse el cuerpo entero, levantando una nube de mosquitos a su alrededor. El búho, a pesar de lo somnoliento que estaba, no tuvo más remedio que buscar otro árbol para pasar el día sin que el zorrillo lo molestara.

Andando con mucha gracia, Manuel el zorrillo siguió su camino. Al cabo de una hora halló a su paso un par de zopilotes que cabeceaban de sueño y que, al sentirlo llegar, abrieron los ojos de par en par y exclamaron:

—¿Qué huele? ¿Qué huele?

—¡Es el zorrillo que viene! —respondió uno de ellos.

—¿Les gusta mi olor? —les preguntó Manuel, que se divertía mucho con todo el asunto.

—¿Tu olor? ¿Tu olor? —preguntaron a un tiempo los dos zopilotes.

Entonces uno de ellos sacudió las plumas, estiró el cuello lo más que pudo, se acomodó en la rama y dijo:

31

—Ese no es tu olor... ¡Qué pretencioso eres! Ese es el olor de los ángeles de la putrefacción —y en seguida soltaron una carcajada tan fuerte y tan larga que al final les dolía el estómago de reírse.

El zorrillo quedó muy pensativo por las palabras de los zopilotes. Y, como era vanidoso hasta decir no más, se le ocurrió que tal vez él era en verdad un ángel y que quizá había vivido engañado toda su vida creyéndose un simple zorrillo. "Puede ser", pensaba Manuel para sí, "que yo sea un ángel metido en cuerpo de zorrillo. ¡Y yo sin darme cuenta!"

Mientras meditaba sobre el asunto, el zorrillo se tropezó con un torogós echado en su nido. El pájaro, que tenía fama de ser muy sensato, miró al zorrillo de arriba abajo y le preguntó:

32

—¿Y a ti qué te trae por aquí?

—Busco a alguien que pueda resolverme una pregunta —respondió el zorrillo—. Necesito saber si soy un ángel de la putrefacción o si no soy ángel de nada.

—Yo te la voy a contestar —le dijo el torogós—. No eres ángel de ninguna clase.

—¿De ninguna clase? —replicó el zorrillo—. ¿Y por qué?

—Porque no usas tirantes ni tienes aureola sobre tu cabeza —le dijo muy serio el torogós.

—¡Eso no puede ser! —exclamó Manuel—. Estás bromeando. Los ángeles no usan tirantes y tampoco se les ve la aureola.

—Si no me crees, entonces anda a preguntarle al pozo —respondió el torogós—. Él te podrá decir si eres ángel de alguna cosa.

El zorrillo se fue camino al pozo algo preocupado. Bajó por la ladera atravesando el monte y, a medida que bajaba, aceleró el paso, hasta que al fin lo divisó a lo lejos. Se acercó con cautela, procurando no molestar a nadie, pues era

33

la primera vez que consultaba al pozo y no quería enfadarlo. Se inclinó sobre el muro para asomarse a ver lo que había abajo, y entonces vio las nubes y una cara muy conocida sobre la superficie del agua. La cara se veía muy pequeña, así que el zorrillo pensó que se trataba de un ratón atrapado en el fondo del pozo, pero, evidentemente, era el reflejo de él mismo.

Estuvo un rato mirando sin parpadear. Cuando al fin reunió el valor suficiente, se atrevió a preguntar:

—¡Ratón, ratón! ¿Soy ángel o no?

El ratón permaneció inmóvil y callado. Inquieto, el zorrillo volvió a preguntar, arrimando el oído a la boca del pozo:

—¡Ratón, ratón! ¿Soy ángel o no?

Pero esta vez quien le contestó fue el eco del pozo:

—No… no... no.

El zorrillo, creyendo que el ratón por fin le contestaba, preguntó:

—¿Y por qué?

A lo que el eco del pozo contestó:

—¿Qué… qué... qué?

El zorrillo, extrañado, repitió:

—¿Te pregunto por qué no?

—Porque no… no —le contestó el pozo.

Semejante respuesta entristeció terriblemente al zorrillo Manuel, que ya se había entusiasmado con la idea de ser un ángel. Se retiró despacio y se alejó, y anduvo cabizbajo un largo trecho, con la cola agachada, meditando sobre cuál sería la forma más rápida y conveniente de convertirse en ángel de la putrefacción.

El perezoso y la iguana

(Panamá)

Hace mucho tiempo vivía en el bosque un oso perezoso llamado Tulio. Tenía, como todos los osos perezosos, el pelo muy grueso y una cola pequeña; y sus patas eran largas y acababan en unas garras que le servían para trepar y moverse entre las ramas de los árboles.

Tulio tenía una amiga llamada Isgar, una hermosa iguana de tonos verdes y azules que con sus ágiles patas podía correr a gran velocidad por los matorrales. Tulio se encontraba con ella todos los días en medio del bosque, y siempre que se veían conversaban un poco. Una mañana, Isgar se detuvo en medio de su carrera a saludar a su amigo el perezoso, como era costumbre:

—Buenos días, Tulio.

—¿Cóooomo amaneces, Isgar? —contestó lentamente el perezoso—. ¿Adónde vas, tan de prisa, esta vez?

—Voy a buscar comida. Más tarde va a llover y hoy no quiero mojarme.

Naturalmente,
los animales huían
en busca de refugio apenas
caían las primeras gotas, e incluso
a la iguana le preocupaba la lluvia. A Tulio,
en cambio, no lo inquietaba en lo absoluto. De todos
los animales del bosque, él era el único que jamás huía o
se escondía. Se quedaba como si nada, esperando pacientemente a que pasara el aguacero. A la lluvia, por su parte,
no le caía en gracia la actitud de Tulio, y esta vez se la tomó
como un desafío.

Así fue que aquel día llovió a mares. Se desató un aguacero tan fuerte que las madrigueras de muchos animales se
inundaron y hasta los hombres que vivían cerca del monte
sufrieron las consecuencias. En la noche y el día siguiente no
paró de llover.

Todo estaba muy frío y oscuro y no había modo de calentarse. Los animales estaban agazapados en sus madrigueras esperando a que pasara el temporal. Ninguno de ellos tenía fuego y los hombres lo habían perdido en medio de la fuerte tormenta. El cielo parecía caerse. La gente tenía las manos entumidas y los labios heridos por el frío.

La situación era tan desesperante que los hombres y los animales se reunieron para tratar de resolver el problema. Algunos propusieron hacer ofrendas y sacrificios a la lluvia para aplacarla. Otros dijeron que era mejor esperar pacientemente, pues en algún momento tendría que ceder y entonces escamparía. Pero, entre todas las propuestas que se oyeron, la que más gustó fue la de enviar a alguien en busca del fuego. ¿Pero, quién podría ser? ¿Dónde encontrarlo?, se preguntaban todos.

Miraron uno a uno a los hombres, pero ninguno estaba dispuesto a cumplir la difícil misión. Luego se miraron entre sí los animales... sólo había uno que quizás pudiera emprender la búsqueda.

—¡Isgar! —dijeron—. Tú nos puedes traer el fuego. Tú eres astuta y corres muy rápido. Además, tienes una cola larga para cargarlo.

Isgar miró al perezoso como pidiéndole ayuda. Tulio, colgado de una rama, le dijo:

—Es cierto. Tú eres la más indicada para buscarlo. Una vez que lo traigas, yo me encargaré de guardarlo —propuso el perezoso—. Yo te ayudaré.

La iguana asintió y al otro día, muy temprano, se internó corriendo en el monte. Cruzó ríos y montañas, atravesó matorrales durante días y noches, hasta que al fin llegó a un lugar seco. Entonces se detuvo a descansar a la sombra de un árbol de plátano que había cerca de una cueva grande cuando, de pronto, algo se le metió entre un ojo. El ojo le ardía y le picaba, como si tuviera algo caliente dentro. "¡Es ceniza!", se dijo Isgar aliviada, mientras una lágrima le resbalaba por la mejilla.

Apenas se hubo limpiado la ceniza, la iguana notó que la cueva resplandecía y que de ella salía una pequeña columna de humo. "¡Es el fuego!", pensó, y se fue acercando poco a poco, con mucho sigilo, hasta llegar a la entrada. Dentro de la cueva, junto a una hoguera, había un enorme bulto que roncaba. Era el jaguar que dormía al calor del fuego.

Isgar se desplazó silenciosamente, levantó la cola y la puso al pie de la llama tratando de no despertar al felino. Su cola comenzó a arder, hasta que al fin se puso roja... Isgar tuvo que taparse la boca para no gritar. "¡Ya está!", se dijo emocionada y salió corriendo con el fuego en la punta de la cola.

Al voltear a mirar hacia atrás mientras corría, Isgar se dio cuenta de que el jaguar se había despertado y la perseguía. Pero ella corrió tan rápido como podía, de modo que pronto dejó atrás al animal. Y, sin embargo, Isgar se mordía los labios y apretaba los dientes, pues el fuego le quemaba la cola.

Después de los funerales, los animales se dieron a la tarea de escoger un sucesor para el jaguar. "Pero, ¿quién puede ser?", fue la pregunta general. Por el monte corrió el rumor de que el jaguar tenía un hijo, pero nadie lo conocía ni sabía de su paradero. Según las leyes de los animales, si el jaguar moría y no tenía un descendiente, su esposa debía asumir la soberanía mientras los otros elegían a un nuevo rey. Así que varios animales se postularon para suceder al jaguar.

Al llegar el día de la elección, los candidatos hablaron al público desde el montículo real. La reina, afligida por la falta de su esposo, ordenó que se procediera inmediatamente con la elección y recordó a todos los presentes que, para elegir al sucesor, debían tener en cuenta la importancia y la nobleza de origen del candidato. Entonces la reina cedió su lugar e invitó a los aspirantes a presentarse ante la multitud.

El primero en hacerlo fue el moscardón, quien, con un gran ruido y pavoneándose como gran señor, exclamó:

—Yo tengo derecho al trono porque soy de raza de guerreros. Se sabe que en tiempos remotos un ejército de moscardones derrotó a la armada de Sapor, el rey de los persas.

Los animales no dieron crédito a la historia del moscardón. Se oyeron risas, gritos y silbatina.

—¡El siguiente! ¡Que pase el siguiente! —se oyó decir.

—Mi abolengo es más antiguo —dijo entonces el leopardo—. Como ustedes saben, el rey Salomón, en el Cantar de los Cantares, dice haber invitado a su amada para que fuesen al monte de los leopardos. Esto prueba que el sabio rey era íntimo amigo de mis antepasados —concluyó el felino.

Los animales aplaudieron al leopardo y exclamaron:

—¡Muy bien! ¡Muy bien! ¡Que pase ahora el siguiente!

El toro, muy seguro de sí mismo, tomó entonces la palabra:

—En el cuerpo de uno de mis antepasados —dijo solemne— se introdujo Júpiter para pasear a la linda Europa por el mar.

—¿Qué? —exclamaron todos—. ¿Qué está diciendo? ¿De qué habla?

Los animales se miraron entre sí sorprendidos. El toro carraspeó y trató de tomar nuevos aires para explicar lo que acababa de decir. Pero el público fue implacable:

—¡Siguiente! ¡Siguiente!

El cisne, en la misma línea del toro, irguió su cuello para decir:

—En ese caso, yo tengo igual derecho, pues Júpiter se hizo cisne para conquistar a Leda, que concibió dos huevos de los que nacieron Cástor y Pólux.

Los animales quedaron nuevamente confundidos, esta vez en silencio, hasta que al fin habló una voz:

—Yo —dijo la loba— soy de ilustre estirpe. Soy nodriza de reyes... Como sabrán todos, una loba amamantó a los fundadores de Roma.

—¿Nodriza? ¿De reyes? ¿Roma? —preguntaron los animales desconcertados.

—Con la quijada de uno de mis antepasados —interrumpió el burro— Caín mató a Abel. Mi origen es más antiguo que el de todos ustedes. Por tal razón, merezco ser soberano.

—Tiene razón —dijeron algunos.

—¡Pero es un burro! —señalaron otros.

El elefante, preocupado por lo que pasaba, habló de la siguiente manera:

—Desde tiempos inmemoriales, mis antepasados han sido objeto de culto divino en la India. Teniendo yo ese origen, ¿no seré digno de ser vuestro rey?

—¡No estamos en la India! —gritó el mono aullador—. ¡No estamos en la India!

El cocodrilo, que hasta entonces había hecho un gran esfuerzo por mantener la boca cerrada, alegó:

—También yo soy de origen divino. En el antiguo Egipto mis abuelos fueron objeto de adoración... ¡Los trataban con más respeto que a los mismos reyes!

La serpiente, que merodeaba por allí, emitió un silbido que a todos llamó la atención:

—Yo tengo antiguos méritos —dijo con gran convicción—. Yo di a Eva la manzana. Gracias a mí pecan y sufren los hom-

45

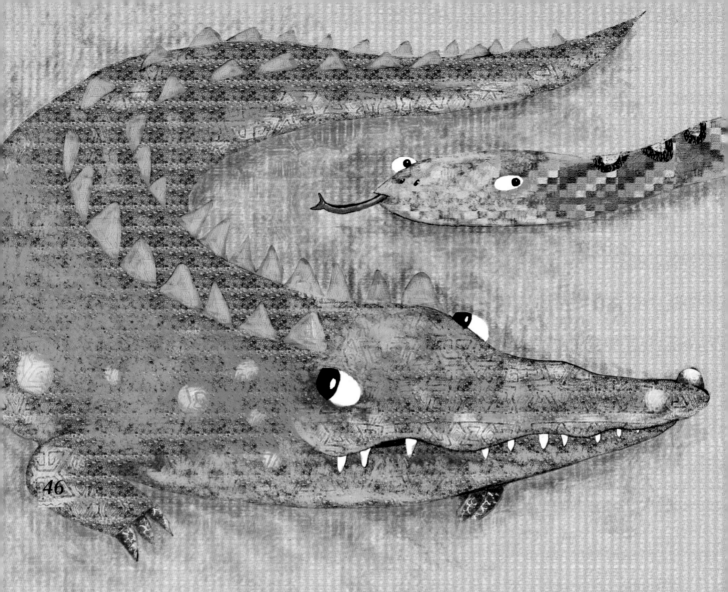

bres, nuestros enemigos. Yo más que nadie tengo derecho al trono.

—¡Bravo! —gritaron unos—. ¡Que viva la serpiente! ¡Así se habla!

—Es impensable —señaló el zorro con calma—. No podemos escoger como sucesor del jaguar a un animal que se arrastra por el suelo.

La serpiente sentó su voz de protesta, pero nada consiguió.

Entonces habló el camaleón, entornando los ojos:

—Yo propongo como rey al conejo, pues según he leído no

sé dónde, sus antepasados tomaron por asalto la ciudad de Numancia, cosa que no habían podido hacer antes más de diez mil guerreros.

En ese momento todos los animales soltaron una enorme carcajada. El conejo, avergonzado, no hallaba dónde esconderse. Entonces el zorro dijo:

—Por favor, señor conejo. Díganos algo al respecto.

Pero cuando el zorro dijo esto, el conejo ya había emprendido la huida, escondiéndose detrás de unos matorrales como es su costumbre.

Ya que no quedaba ningún otro aspirante, se procedió a discutir cuál de todos los postulados era el mejor. ¡Y vaya lío el que se armó! Aunque se descartaron algunos, nadie quería ceder en su empeño de ser el sucesor del jaguar.

Los aspirantes al trono discutieron entre ellos, se lanzaron mutuas acusaciones, hablaron con los demás animales, prometieron el oro y el moro, pero no pudieron resolver nada.

—¡Entonces habrá una guerra! —auguró el sapo.

—¡Nada de eso! —gritó a lo lejos una voz desconocida para los animales. El público enmudeció. Todos voltearon a mirar para ver de quién se trataba. Por la falda de una colina avanzaba un hermoso jaguar que los observaba a todos detenidamente.

soberano. Ambas cosas enceguecen a los hombres, y no queremos que pase lo mismo con nosotros los animales. El tiempo que llevan aquí reunidos no ha servido para que escojan a un soberano, y eso demuestra que ninguno de ustedes podría reinar con la justicia y bondad que lo hizo mi padre.

Los animales quedaron impresionados con las palabras del jaguar, que en ese momento lanzó un rugido tan fuerte que retumbó en el monte y los aturdió a todos. Al caer la noche, todos se fueron a casa cansados, tranquilos, pero sobre todo esperanzados por la sensatez del nuevo soberano.

El hechizo para hacerse invisible
(Nicaragua)

Inés tenía seis años y era la menor de siete hermanos. Vivía con ellos y con sus padres en una casona de dos patios que tenía grandes ventanales. Como a todos los niños, a Inés y a sus hermanos les gustaba jugar en las tardes y en los fines de semana, cuando quedaban libres de las tareas de la escuela. El juego preferido de todos era el escondite; pero a Inés no le gustaba tanto como a los demás, porque siempre que jugaba la descubrían de inmediato: sus dos largas trenzas amarradas con un par de cintas rojas, o el borde de su falda, o alguna otra cosa la delataba debajo de las mesas, entre los armarios y detrás de las cortinas. Inés no hallaba qué hacer para que no la encontraran.

Así que cada vez que alguno gritaba "¡A jugar al escondite!", Inés se ponía contenta y triste al mismo tiempo, pues, a pesar de que buscaba los mejores sitios para desaparecer, siempre era la primera en ser hallada. La pobre niña era la diversión de sus hermanos, que no paraban de hacer bromas al respecto.

Un día, Inés encontró en un armario olvidado unos cuadernos viejos con unas anotaciones sobre cómo deshacer hechizos y evitar las cosas malas. Leyó los cuadernos de arriba a abajo hasta que encontró algo que podía servirle: un hechizo para hacerse invisible. "Con esto no me encontrarán ni una vez más", pensó Inés entusiasmada.

Leyó detenidamente las instrucciones hasta aprendérselas de memoria y, al día siguiente, se levantó muy temprano y comenzó a seguirlas paso a paso. Primero buscó por las calles del barrio un gato gris. Cuando lo encontró, esperó hasta que el animal estuviera distraído, se le fue acercando lentamente y lo atrapó. Lo llevó a su habitación envuelto en una manta para que nadie lo descubriera y esperó.

Inés, que no estaba acostumbrada a quedarse despierta hasta tarde, tuvo que aguantar hasta las doce de la noche sin dormirse para hacerle al gato una extraña pregunta:

—Gatito, gatito, ¿cuál es la patita?

La niña no creía que el gato le fuera a contestar. "¡Qué pregunta más rara!", se dijo. "Además, ¡los gatos no hablan!", pensó para sí. Sin embargo, no por eso dejó de intentarlo.

El gato se revolvía y brincaba tratando de escaparse, pero, después de consentirlo un poco y de darle una taza de leche caliente, para gran sorpresa de Inés, el animal se animó a hablar:

—La patita es la del pollo que te servirá mañana tu mamá —dijo con una voz chillona, y en seguida le ofreció su propia pata en señal de saludo.

—Ahora, libérame —le dijo finalmente—. Ya te he dicho lo que necesitabas saber y no volveré a hablar.

Inés le agradeció al gato por su ayuda y lo dejó salir por la ventana de su cuarto.

Ahora Inés sabía lo que debía hacer. Al día siguiente, a la hora del almuerzo, su madre les preparó un delicioso cocido de pollo con verduras. Al terminar de comer, Inés recogió las sobras y tomó los huesos del pollo sin que nadie se diera cuenta. Los lavó bien, los metió en una bolsa y se fue a su habitación. Entonces tomó un hueso, se paró frente al espejo y, sosteniendo el hueso entre los dientes, preguntó:

53

—¿Es este?

No pasó nada, así que Inés dejó el hueso a un lado y ensayó con el siguiente. Pero el resultado fue el mismo. Nada. Tuvo que intentar con varios huesos hasta que al fin dio con un hueso mágico. Al hacer la pregunta, una pequeña voluta de humo salió detrás de su cabeza. Era la señal que estaba esperando.

—¡Este es! —exclamó Inés.

Entonces pintó el hueso, como lo indicaba el cuaderno, la mitad de color azul y la otra mitad de rojo. Inés no estaba segura de que el hechizo realmente funcionaría, pero hasta entonces

54

las cosas habían resultado tal como estaba escrito, así que tuvo paciencia.

Se acercaba el sábado, el día preferido para jugar al escondite, pues el domingo no había clases y se podía jugar el día entero. Muy contenta, Inés se decidió a poner a prueba el hechizo: se puso la mitad roja del hueso mágico sobre la boca. Entonces se miró las manos y notó que se desvanecían ante sus ojos. ¡Realmente podría volverse invisible! Luego probó la mitad azul y comprobó que en seguida se hacía visible nuevamente. "¡Esto es increíble!", pensó y guardó el hueso en un lugar secreto en espera de poder usarlo.

Todos sus hermanos estaban preparados para jugar y daban por descontado, como de costumbre, que su hermana menor sería la primera en ser encontrada:

—¡Otra vez Inesita va a perder! —le decían en tono burlón.

55

Normalmente Inés se enojaba con sus bromas, pero esta vez no les prestó atención. Estaba muy ocupada pensando en lo que haría, y en cómo cambiarían suertes.

A la hora de esconderse, Inés echó a correr antes que los demás y se metió rápidamente en un armario. Se puso la parte roja del hueso sobre la boca y, una vez que se hizo invisible, salió caminando por los corredores y puso al descubierto a todos sus hermanos: primero le jaló las trenzas a su hermana María, y luego tocó a su hermano Luis en una pierna. Ambos pensaron que los habían descubierto y salieron muy tranquilos de sus escondites. Evidentemente, habían perdido… ¡Habían salido del escondite sin que nadie los hubiera encontrado! Uno a uno corrió la misma suerte, y todos quedaron desconcertados.

Fue así como Inés ganó el juego y los siguientes sin que sus hermanos se dieran cuenta del truco. Pensaban que había aprendido por fin a jugar al escondite y, aunque todo el asunto era muy raro, no dejaron de felicitarla.

—¡Qué bueno! ¡Inesita ya sabe jugar al escondite! —le dijeron.

Inés se alegró mucho y se sintió muy orgullosa, aunque sabía que el mérito de todo el asunto no era suyo en realidad.

Sin embargo, después de varias semanas de usar el hechizo había aprendido bastante sobre el juego, pues había tenido la oportunidad de observar atentamente a sus hermanos. Así pues, un día probó jugar sin el hueso mágico. Se escondió tan bien aquella vez que nadie pudo encontrarla. Entonces, al darse cuenta de que podía jugar igual que todos sin necesidad de ser invisible, escondió el hueso en un cajón del armario y se olvidó por completo de él.